D1479725

ALFAGUARA MR

INFANTIL

ABC

D.R. © Del texto: Alberto Blanco, 2008
D.R. © De las ilustraciones: Patricia Revah, 2008

D.R. © De esta edición:
Editorial Santillana, S.A. de C.V., 2013
Av. Río Mixcoac 274, Col. Acacias
03240, México, D.F.

Alfaguara Infantil es un sello editorial del Grupo Prisa, licenciado a favor
de Editorial Santillana, S.A. de C.V.
Éstas son sus sedes:
Argentina, Bolivia, Chile, Colombia, Costa Rica, Ecuador, El Salvador, España,
Estados Unidos, Guatemala, México, Panamá, Perú, Paraguay, Puerto Rico,
República Dominicana, Uruguay y Venezuela.

Primera edición en Santillana Ediciones Generales, S.A. de C.V.: febrero de 2009
Primera edición con Editorial Santillana, S.A. de C.V.: mayo de 2013
Segunda reimpresión: enero de 2014

ISBN: 978-607-01-1545-5

Diseño: Arroyo + Cerda, S.C.
El autor y los editores desean expresar un agradecimiento a Elise Miller por su revisión de las
traducciones al inglés.

Impreso en México

Esta obra se terminó de imprimir en enero de 2014
en los talleres de Editorial Impresora Apolo, S.A. de C.V.
Centeno 150-6, Col. Granjas Esmeralda,
C.P. 09810, México, D.F.

Alberto Blanco

Ilustraciones de
Illustrated by
Patricia Revah

ALFAGUARA MR

INFANTIL

abcdefghij
klmnñopq
rstuvwxyz

Avión

Allá en la nube más alta
para ser el más bonito
al **avión** sólo le falta
cantar como un pajarito.

Airplane

Above in the highest clouds
to become the prettiest one
the great **airplane** only needs
to sing like little birds can.

Barco

Busca en altamar primero,
luego en la imaginación:
bote o barco, marinero,
en el mar del corazón.

Boat

Better look for in the sea,
and then look for in your mind:
a boat, a ship for the seaman
in the ocean of our heart.

abcdefghij
klmnñopq
rstuvwxyz

Coche

Corre el **coche** cuesta arriba;
corre y para en la señal.
Corre y para, que la vida
corre y corre hasta el final.

Car

Cars are racing up the hill;
cars are racing, stopping then.
Race and stop, because our life
runs and runs until the end.

Dados

Desde la primera ronda
queda claro con los **dados**:
la suerte será redonda,
pero los **dados**... ¡cuadrados!

Dice

Dear, from the very beginning
it is clear within the game
that your fortune might be round
but the **dice** are always square!

abcdefghij
klmnñopq
rstuvwxyz

Elefante

En realidad no sabemos
si la luna allá adelante
es la sonrisa del cielo
o un colmillo de **elefante**.

Elephant

Eventhough we just don't know
if the moon out in the dusk
is the smiling of the heavens
or it's an **elephant** tusk.

Flor

Felicidad es volver
a ver que nada es mejor
que detenerse y oler
el paisaje en una **flor**.

Flower

For happiness is to see
that there is no greatest power
than stopping to smell and see
the landscape inside a **flower**.

Guante

Goza la mano el instante
y preguntamos en vano
si la mano lleva el **guante**
o el **guante** lleva la mano.

Glove

Go and enjoy with your hand
this instant, and ask in vain
if the hand carries the **glove**
or the **glove** carries the hand.

Hipopótamo

Hipopótamo redondo,
juguete de hule en el río,
o te escondes en el fondo
o flotas como un navío.

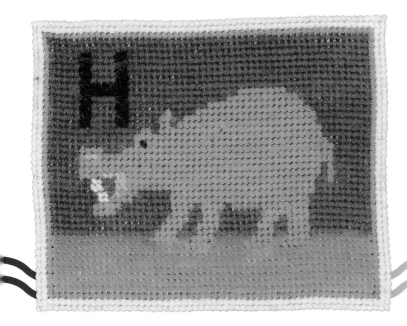

Hippopotamus

Hippopotamus, as round
as a rubber river toy;
either you hide on the ground
or float away as a boat.

Isla

Isla por los cuatro lados
rodeada de mar azul:
nunca estaremos aislados
mientras exista una luz.

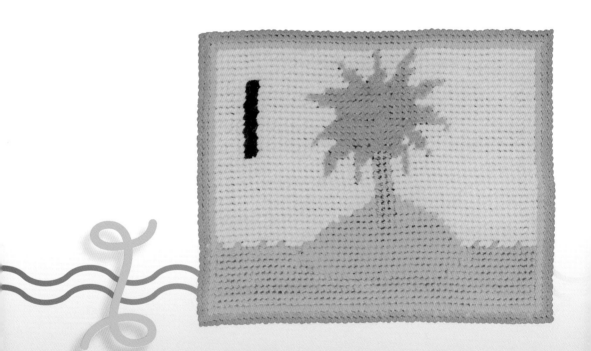

Island

Island, island on four sides
surrounded by the blue sea:
we will never feel alone
as long as there is light here.

Jugo

Jugosa fruta dorada,
dulce naranja querida,
no te deprimas por nada:
¡sácale **jugo** a la vida!

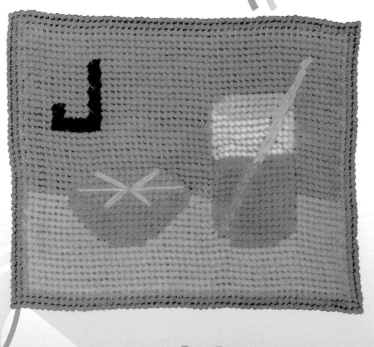

Juice

Joyful **juicy** golden fruit,
dearest orange of my heart,
don't let anything depress you:
and enjoy always your life!

abcdefghij
klmnñopq
rstuvwxyz

Koala

Koala del nombre chistoso,
permíteme estar contigo;
ya deja de hacer el oso
porque quiero ser tu amigo.

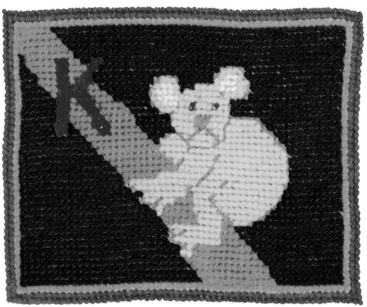

Koala

Koala, let me be with you,
Koala, of the funny name;
stop pretending you're a bear
'cause I want to be your friend.

Lámpara

La lámpara está soñando
con una luz encendida,
y yo me quedo pensando:
¿qué... las cosas tienen vida?

Lamp

Look at the lamp: it is dreaming
with the brightness of the light,
and I go thinking and thinking...
are all the things here alive?

abcdefghij
klmnñopq
rstuvwxyz

Motocicleta

Más veloz que un buen caballo,

más brillante que un cometa,

más estruendosa que un rayo:

¡es una motocicleta!

Motorcicle

More brilliant than a big comet,

and faster than a good horse,

the **motorcycle** is running

like a lightning with a roar!

Nueve

No me digas que no puedes
pensar el mundo al revés:
si el seis al revés es **nueve**
¡y el **nueve** al revés es seis!

Nine

No, don't tell me that you can't
picture the world upside down:
if six upside down is **nine**
and **nine** is six upside down!

abcdefghij
klmnñopq
rstuvwxyz

La eñe

La **EÑE** no tiene remedio
con sus mañas y cariños:
siempre se aparece en medio
de los sueños de los niños.

The 'eñe'

The **EÑE** is a tricky letter
that only in Spanish exists:
and it's always in the middle
of the "niños" when they dream.

Olimpiadas

Olimpiadas: luchadores
de sus pueblos y sus gentes,
los cinco aros de colores
son los cinco continentes.

Olimpics

Olimpic Games and some wrestlers
of all the five colored circles:
five continents representing
many countries and their people.

Peras

Parece que es un capricho
pero si no es **pera**, espera...
porque ya lo dice el dicho:
el que es **pera**... desespera.

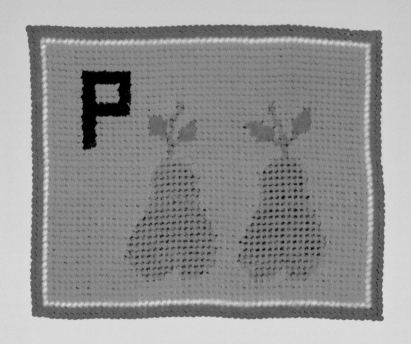

Pears

Pray that it is not a whim
but if there's no pair of **pears**
then as people like to say:
it's not a pair... it's a **pear**.

Quetzal

Quizá las luces perdidas
en la selva de copal
son luciérnagas prendidas
en las plumas del **quetzal**.

Quetzal

Question is: lights that are lost
in the jungle of copal
may well be firefly lit
in the wings of the **quetzal**.

Rinoceronte

Rinoceronte que subes
y bajas tu cuerno erguido
dime si ves en las nubes
los recuerdos que has perdido.

Rhino

Rhino, with a horn that goes
up an down among the dust,
tell me, please, if you can see
those memories you have lost.

Sol

Si lo piensas, ¿no te asombra
que tenga sombra tu cuerpo?
Sólo el **sol** no tiene sombra;
sólo el **sol**: ¡el rey del cielo!

Sun

So your body has a shadow...
Doesn't it marvel your eyes?
Only the **sun** has no shadow;
only the King of the skies!

abcdefghij
klmnñopq
rstuvwxyz

Tortuga

Torpe cuando está en la arena,
ágil cuando está en el mar,
la **tortuga** va que vuela
con su techo a otro lugar.

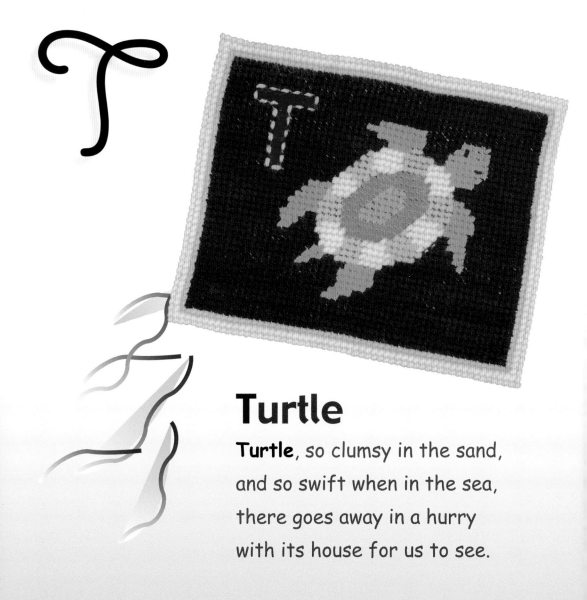

Turtle

Turtle, so clumsy in the sand,
and so swift when in the sea,
there goes away in a hurry
with its house for us to see.

Unicornio

Un caballo está soñando
-¿o eso es lo que yo soñé?-
y un **unicornio** muy blanco
vi cuando me desperté.

Unicorn

Under a dream the horse slept
—or the dreaming one was me?—
and when I finally awoke
a **unicorn** I could see.

Violín

¡Viva el viento! ¡Viva el aire!
¡Viva el principio y el fin!
¡Viva para siempre el baile
de una viola y un **violín**!

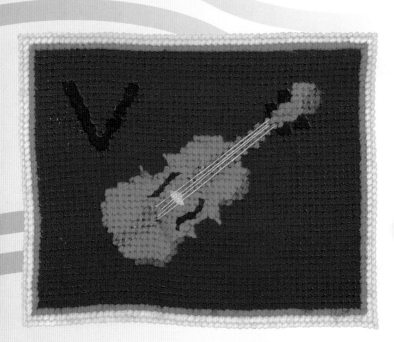

Violin

Violin play in the wind!
Viola play in the air!
Violin in the beginning
and a viola in the end!

Waldo

Wilebaldo, Wenceslao,
Washington, Wichita, Waco,
Wyoming, Wisconsin, Warhol,
Wilfredo, Westminster, **Waldo**.

Waldo

Washington, Wichita, Waco,
Wyoming, Wisconsin, Wilde,
Wilfred, Westminster & **Waldo**.
Wellington, Warsaw & White.

Xilófono

Equis de la cruz que en medio
de México encontrarás;
equis que pone de nuevo
al **xilófono** a cantar.

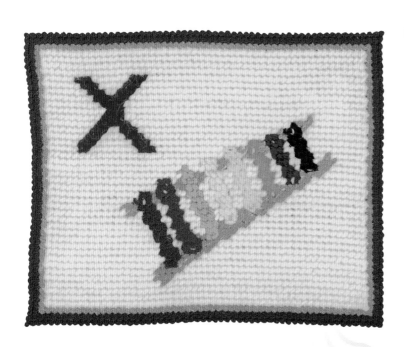

Xylophone

"X" of the **xylophone** song
that sings with a voice so kind;
"X" that again in the middle
of Mexico you will find.

Yoyo

Yoyo sube, **Yoyo** baja,
Yoyo luna, **Yoyo** sol.
¡**Yoyo**! Que el sol se levanta.
¡**Yoyo**! Que ya se metió.

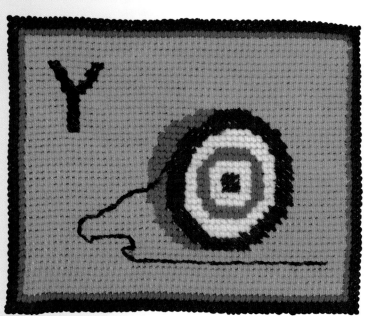

Yo-yo

Yo-yo up and **Yo-yo** down,
Yo-yo moon and **Yo-yo** sun.
¡**Yo-yo**! The sun is arising.
¡**Yo-yo**! The sunset is gone.

abcdefghij
klmnñopq
rstuvwxyz

Zigzag

Zigzagueante es el sendero
donde la zorra camina;
zigzagueante como el vuelo
de la veloz golondrina.

Zig-zag

Zig-zag the trail in the woods
where the foxes like to walk;
Zig-zag the trail in the clouds
where the swallows like to fly.

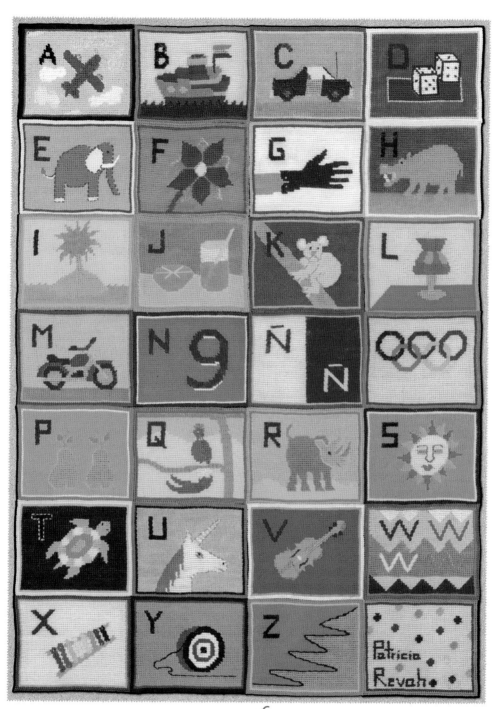

Alberto Blanco

Es considerado uno de nuestros mejores poetas. Comenzó a jugar con las letras desde niño y, a partir de entonces, no ha dejado de hacerlo. Prueba de ello es este libro, así como los ya publicados en Alfaguara Infantil -*Rimas y números*, *Dichos de bichos*, *El blues de los gatos* y *Luna de hueso*- y más de 30 libros de poesía, una docena de libros de ensayos y otros tantos con sus traducciones. Este año recibió la beca Guggenheim.

Patricia Revah

Patricia Revah es una ilustradora única en el panorama de la ilustración de libros para niños en México. Estudió y trabajó en el taller de tapiz del maestro Felipe Jiménez. A partir de esa experiencia, desde 1984 se ha dedicado a ilustrar libros para niños escritos por su esposo, el poeta Alberto Blanco -éste es el octavo libro que hacen juntos- explorando diversas técnicas que toman como punto de partida el trabajo con los textiles.